한국 희곡 명작선 61

바람을 이기는 단 하나의 방법

한국 희곡 명작선 61

바람을 이기는 단 하나의 방법

주수철

평민사

수수철

바람을 이기는 단 하나의 방법

등장인물

성제 – 19세, 고등학교 자퇴생
송나심 – 40대 중반, 성제의 어머니
김춘호 – 40대 후반, 성제의 아버지
이미옥 – 40대 초반, 김춘호의 내연녀
혜자 – 10대 중반, 지적장애인
장씨 – 40대 후반, 혜자를 데리고 있는 비닐하우스 주인
톡천사 – 메신저 상의 성제 멘토
태석 – 성제의 고등학교 친구
여선생
성제 친구1,2
경찰서 안전과장
마을주민1,2

때

현재

무대

무대 중앙 뒤쪽 높은 곳에 성제의 옥탑방이 있다. 옥탑방 앞에는
빨간색 천으로 만든 풍향계와 페인트 벗겨진 철제 풍속계가 쉴
새 없이 돌아가고 있다. 이 고장이 바람이 많은 곳임을 알 수 있
다. 옥탑방 아래로 계단을 따라 내려오면 성제 집의 안방이다. 안
방의 왼쪽으로 무대를 향해 출입문이 있다. 실상 이 안방은 극이
진행되면서 여러 곳의 배경으로 쓰인다. 그러므로 특별히 안방임
을 강조할 필요는 없고 바람막이가 걸린 옷걸이만 있으면 된다.
배우들은 무대 양 옆에 대기하다가 자신의 차례에 연기하고 다시
제 자리로 돌아간다.
무대 한 쪽에 영상 스크린을 설치할 수 있는 공간을 확보한다. 이
공간은 극의 흐름에 따라 다른 용도로 사용할 수 있도록 한다.

1

성제가 커다란 비닐 포대에 쓰레기를 담아 내려온다. 비닐 자루엔 과자 봉지며 피자 포장지, 페트병과 일회용 용기 등이 가득하다. 흡사 산타클로스의 선물 자루 같다. 그런 성제를 송나심이 기쁘게 바라보고 있다.

송나심   정말 이런 날이 오는구나.

성제   (포대를 끌고 들어온다) 저도 기뻐요.

송나심   그나저나 많기는 많구나.

성제   거의 2년 치니까.

송나심   옥탑방 밖으로 한 번도 안 나왔다는 게 믿기지가 않는구나.

아들을 끌어안고 등을 토닥인다.

송나심   정말 잘 생각했어.

성제   다 엄마 덕분이죠.

송나심   (목이 메어) 네 아빠도 함께였으면 얼마나 좋겠냐?

성제   왜 이런 날 그런 얘길 꺼내요?

송나심   미안하다. 너무 기뻐서…….

성제   제 인생에 더 이상 아버지는 없어요.

송나심 그래도 성제야, 세상은 혼자 살아갈 순 없단다.

성제 제가 왜 혼자에요? 엄마도 있고, 톡천사님도 있잖아요.

송나심 토, 톡천사. 정말 고마운 사람이지.

성제 톡천사님이 아니었으면 아직도 저 곳에 있을 거예요.

송나심 그런데 본인이 천사라고 한 거야?

성제 제가 먼저 천사님이라고 불렀어요.

송나심 어떻게 만났어? 어…… 만난 건 아니니까 뭐라고 얘기해야 되지?

성제 천사님이 먼저 연락해 왔어요. 자기 친구 추천으로 내가 떴대요. 내 프로필 사진인 언덕이 맘에 들었나 봐요. 같이 가보자고 했을 정도였으니까요.

송나심 무슨 언덕이기에 그랬을까?

성제가 휴대폰을 꺼내 그 사진을 보여준다.

성제 바람 한 점 없고 따뜻한 언덕이에요. 사람들은 언덕 위에 자리 잡고 낮잠을 자거나 책을 읽고 있어요. 강아지와 산책하는 사람도 있고 애들은 자기들끼리 숨바꼭질하며 뛰놀고 있어요. 그들 사이로 자전거와 롤러브레이드가 빠르게 지나가지만 누구도 위험하다고 생각하지 않아요. 바람이 불지 않기 때문이에요.

송나심 그렇구나. 여긴 바람 때문에 살기 힘든데…….

성제 바람만 아녔어도 벌써 나왔을 거예요.

송나심	막을 방법이 있는 것도 아니고.
성제	(포대 자루를 다시 들며) 버려야겠어요.
송나심	괜찮겠어? 옥탑방은 나왔지만 집밖으로는 나가보지 못했잖아?
성제	(끌고 출입문 쪽으로) 언제까지 이렇게 살 순 없어요.

출입문을 연다. 세차게 들려오는 바람 소리. 놀라 뒤로 쓰러진다.

송나심	(성제를 일으켜 세워주며) 내가 버리마.
성제	아녜요. 할 수 있어요.
송나심	(옷걸이에 걸려 있던 바람막이를 주며) 이걸 입고 나가. 갑자기 찬바람 쐬면 감기 든다.
성제	그런 거 없이 나가 보고 싶어요.

다시 포대를 끌고 조심스럽게 다가간다. 문을 열자 바람 소리 거세지기 시작한다. 끝까지 열어젖히고 문을 나서는 순간, 성제는 다시한 번 주춤한다. 문 앞에 누군가 있었기 때문이다.

김춘호	오, 오랜 만이다.
성제	어……, 엄마.
송나심	미안하다. 놀랐지?
성제	(어머니한테 온다) 알고 있었던 거야?
송나심	내가 연락했다.

성제   이게 무슨 경우야?

송나심   (김춘호한테) 남의 집도 아니고…… 뭐해요, 빨리 안 들어
오고.

성제   (짜증난 목소리로) 엄마.

송나심   근래에 오늘처럼 기쁜 날이 없었다. 감방 같은 데서 너 나
왔지, 네 아버지 돌아왔지. 드디어 한 가족이 다 모였어.

성제   내가 싫은데 엄마 맘대로 막 해도 되는 거야?

김춘호   얘기 들었다. 다 큰 애가 문 밖에 나오지도 않고 틀어 박
혀 지낸다고.

성제   엄마가 무슨 생각으로 이러는지 모르겠지만 전 아녜요.
그러니 돌아가세요.

송나심   들어오라고요.

송나심의 재촉에 김춘호, 낯선 손님처럼 쭈뼛거리며 들어온다. 오
른쪽 다리가 다친 건지 조금 절뚝거린다.

송나심   당당하지 못한 건 당연할 거고, 그렇다고 처음 온 것처
럼 굴지도 마요.

성제   도대체 무슨 생각으로 이러는 거예요? 바람 피워 집 나
갔던 사람이에요. 처자식 버리고 딴 여자 찾아갔던 사람
이라고요.

송나심   내 탓도 있다. 풍력발전기 세워야 한다고 했을 때부터
말렸어야 했어. 사람들이 동의해줄 리 만무했으니까. 업

체 의뢰라곤 했지만 왜 그렇게 열심이었는지 알다가도 모를 일이었다.

성제 그런데 뭣 때문에 연락하셨냐고요?

송나심 너 그렇게 은둔해버리고 나라고 편했겠니? 여기저기 품도 팔아야지 집안일도 해야지. 뭣보다도 사람 사는 집 같지가 않았다.

김춘호 다 내 잘못이다.

성제 저는 용서할 수 있을지도 몰라요. 하지만 엄마는…… 엄마는 용서하면 안 되는 거잖아요?

송나심 엄마만 용서하면 된다면 이미 난 그렇게 했다. 이제 우리 세 식구 예전처럼 지내는 거야.

성제 전 절대 그렇게 못 해요. 다시 들어가 버릴 거예요.

안방에서 나와 옥탑방으로 올라가 버린다.

2

성제와 톡천사가 휴대폰을 들고 메신저를 통해 대화한다. 그 내용은 두 사람의 대사와 함께 무대에 마련된 스크린을 통해 볼 수 있다. 성제는 채팅도 하지만 등장인물과 연기도 한다. 휴대폰을 들고 대화하는 모습이 익숙해지면 대사로써 갈음한다. 성제와 톡천사의 대화는 온라인에서 이루어지는 것이므로 무대에서는 서로를 인식하지 못한다.

성제 (글을 입력하며) 힘들게 나왔는데 도로 들어가고 싶어요.

톡천사 (마찬가지로 입력하며) 그렇게 아버지가 싫은 거니?

성제 저라고 처음부터 싫어했겠어요?

톡천사 그렇지. 외도로 집 나간 아버지를 좋아할 아들은 없겠지.

이때, 이미옥이 주위를 살피며 들어온다. 성제, 미옥을 알아보고 당황하여 구석으로 몸을 피한다.

이미옥 (성제에게 다가가) 또 만나네. 나 알지?

성제 (외면하며 휴대폰만 쥐고 있다)

이미옥 (주위를 둘러보더니 코를 막는다) 이게 무슨 냄새니? 어휴, 이건 송장 썩는 냄샌데…… 소문에 네가 방안에만 틀어박혀 있다더니…… 혹시 죽은 건 아니지?

성제	(톡천사에게) 그 여자가 왔어요. 아빠와 바람피운 여자예요.
톡천사	아버지 없니? 아버지 찾으러 온 거 아냐?
성제	모르겠어요. 이럴 땐 엄마가 있어야 되는데.
이미옥	가정교육이 개판이네. 손님이 왔는데 인사도 없이 뭐하는 거야?

성제가 다시 톡천사와 얘기하려 하자 미옥이 휴대폰을 뺏는다.

이미옥	정말 되먹지 못한 놈이네. 그러니까 그 짓도 했겠지.
성제	주세요. 주란 말예요.

성제가 휴대폰을 다시 뺏으려하자 미옥이 몸 뒤로, 머리 위로 요리조리 성제 손을 피한다.

이미옥	줄 테니까 네 아버지 어딨는지 말해?
성제	몰라요. 알 바 아녜요.
이미옥	여기 왔잖아? 네 에미가 부른 거잖아?
성제	모른다고요, 엄마한테 물어보시든가.
이미옥	(휴대폰을 주며) 짜식이 고집은 있네. 근데 너한텐 휴대폰이 문제 아닐 텐데.
성제	(다시 톡천사와) 왜 왔을까요?
톡천사	아버지 때문이겠지.
이미옥	혜자라고 알지?

성제　누군데요?

이미옥　다 알고 있어. 숨길 필요 없어.

성제　모르니까 묻는 거 아니에요.

이미옥　우리 동네 하우스하는 장 씨가 그러던데. 어떤 되바라진 고등학생 한 놈이 혜자 추행하는 걸 잡았다고…… 괘씸해서 사진까지 찍어 놨다고. 그러면서 사진을 보여주는데, 아뿔싸……, 김춘호 씨 아드님이 아니겠어? 금세 알아보겠더라고. 아버지를 꼭 빼닮았으니까.

성제　그거……, 그런 거 아니에요.

이미옥　어떻게 불쌍한 지적장애인한테 그런 몹쓸 짓을 할 수 있을까?

성제　옷이 젖어 있었어요. 그래서 내 옷을 입혀 줬을 뿐이에요.

이미옥　남자애가, 처음 보는 여자애 앞에서 왜 옷을 벗지? 너무 뻔한 거 아냐?

성제　전 아줌마처럼 더럽지 않아요.

이미옥, 갑자기 성제의 뺨을 때린다.

이미옥　이 새끼. 코 뼈 한번 부러뜨려 볼까.

성제　저한테 이러지 마시고 제발 아버지한테 가세요. 아버지 보러 온 거잖아요.

이미옥　네 아버지 날 두고 내뺐다. 혜자 얘길 왜 했겠냐? 네가 나서란 거지.

성제　제가 왜요?

이미옥　장 씨는 사진만 찍었지만 난 그 사람처럼 너그럽지가 못
해. 바로 신고할 거거든. 마침 경찰서에서 며칠 있다 대
민봉사 하러 온다네. 뭐, 바로 전화할 수도 있지만 네게
시간은 줘야 할 거 같아서 말이야. 무슨 수를 써서라도
네 아버지 나한테 돌아오도록 만들어. 그러면 혜자 얘긴
묻어둘 게.

성제　어차피 전 아버지랑 같이 살고 싶지 않거든요. 그러니까
어른들 문제에 절 끼워 넣지 마세요.

이미옥　더 잘됐네. 조금만 노력하면 되겠어. 그러면 혜자 얘긴
묻어둔다니까.

성제　혜자하고는 아무 일도 없었다고요. 그리고 왜 당사자도
아닌 아줌마가 그러는데요? 절 어떻게든 엮어 보려고 그
러는 거잖아요.

이미옥　2년 전 장 씨한테서 네 사진을 봤을 땐 젊은 애가 그럴
수도 있지 하고 생각했었지. 그런데 지금은 뭐야? 그렇
게 자기 아들 흠까지 껴안은 날 내팽개쳐. 이제는 그렇
게는 못하지. 긴 말 필요 없고 경찰들 올 때까지야. 그때
까지 네 아버지 안 돌아오면 넌 그냥 훅 가는 거야. 감방
으로.

성제　제가 무슨 수로 아버질 돌려보내요?

이미옥　옛말에 자식 이기는 부모 없다고 했다. 너도 네 아버지
랑 같이 살기 싫다며.

이때, 김춘호가 들어온다.

김춘호   여기 오면 가만 안 둔다고 했지.

이미옥   추억이 있는 곳인데 내가 왜 여길 못 와. 지금도 그때 그
        살 냄새가 나. 뭐, 지금은 좀 다른 냄새와 섞이긴 했지만.

김춘호   성제야, 잠깐⋯⋯.

성제   정말 이렇게 뻔뻔해도 되는 거예요? 어떻게 저 여자가
        여길 오게 만들어요?

김춘호   그래, 미안하다. 나중에 다 설명하마.

        성제, 그 자리에서 나온다.

김춘호   알아듣게 얘기 했잖아? 날 죽이겠다고 쥐덫까지 놓는 여
        자랑은 못 살겠다고.

이미옥   그땐, 화가 나서 그랬던 거야. 미안하다고 사과했잖아.
        그리고 다리 좀 다쳤다고 죽지 않아.

김춘호   당신 만나서 충분히 잘 죽었어. 이제 좀 살고 싶다.

이미옥   (김춘호에게 다가온다) 당신 떠나면 내가 죽어. 제발 돌아와 줘.

김춘호   매일매일 휴대폰 검사에, 속옷 검사에⋯⋯ CCTV까지.
        이제 그만 하자.

이미옥   당신이 이혼하고 혼인 신고만 해줬어도 그러지 않았을
        거야. 그걸 안 했더니 보라고⋯⋯ 본처라고 떡하니 여기
        와 있잖아.

김춘호 마음이 중요한 거라고 했잖아? 그따위 게 뭐가 중요해?

이미옥 그러게. 그런데 그 중요한 당신 마음이 내게 있다는 생각을 할 수가 없었어. 내게 있었다면 이 집과의 인연도 벌써 정리 했겠지. 나 몰래 본처 만날 일도 없었을 테고.

김춘호 그건…… 집사람이 병원 가는 데 같이 갈 사람이 없다고 해서 그랬던 거야.

이미옥 그러니까 쥐덫을 놨던 거야. 당신한테 집사람은 내가 아니었어. 당신 집이 어딘지 확인시켜 주고 싶었어. 걷지도 못하게 짓이겨 놓고 싶었다고.

김춘호 너 정말 징글징글하다.

이미옥 (김춘호를 안으며) 그땐, 내 맘이 그랬다는 거야. 내가 당신을 얼마나 좋아하는데 그렇게까지 하겠어? 우리 다시 시작할 수 있어. 뭐, 마음 같은 거야 서서히 되돌리면 되는 거고…… 돌아가자. 응…… 내가 더 잘할게.

김춘호 (이미옥을 떼어놓으며) 우린, 노래방에서 노래 부르던 그때 딱 끝냈어야 했어. 그랬으면 누구도 상처 받지 않았을 거야. 너무 늦게 깨달았어. 당신한테 갈 일은 없을 거야. 그러니 더 이상 찾아오거나 그러지 마.

이미옥 내가 이대로 돌아가면 당신한테 좋은 일만 있을 것 같아?

김춘호 나가자. 여긴 당신 있을 데가 아냐.

김춘호가 이미옥을 끌고 밖으로 나가려 한다. 저항하는 이미옥과 잡아끄는 김춘호의 실랑이가 벌어진다.

이미옥	경고하는데 날 힘들게 하지 마. 몇 배로 갚아줄 테니까.
김춘호	지금까지 날 괴롭힌 건 생각 안 해?
이미옥	좋아하니까 그런 거 아냐?
김춘호	일단 나가자.
이미옥	놔. 이거 놓으라고.
김춘호	나가자니까.
이미옥	(비명 같은 큰 소리로) 이거 놓으라고 했잖아.

그 서슬에 김춘호는 끌던 손을 놓치고 성제가 들어온다.

성제	지금 남의 집에서 뭐하는 겁니까?
김춘호	미안하다. 원래 이 여자 목소리가 좀 커.
성제	곧 엄마 돌아올 거예요. 빨리 내보내세요.
김춘호	다신 찾아오지 마.
이미옥	당신이 먼저 날 찾아 올 걸. 안 그래요? 김성제 군.

이미옥, 성제 한 번 쳐다보고 자리에서 나온다.

김춘호	저 여자가 뭐라 했구나?
성제	부끄러운 줄 아세요.
김춘호	안다. 내가 널 괴롭히고 있다는 것. 하지만 저 여자가 뭐라 했는지는 알아야겠다.
성제	저 여자한테 돌아가면 아무 일 없이 끝나는 거예요.

김춘호	그렇더라도 난 절대 돌아갈 수가 없단다.
성제	왜요? 왜. 제발 돌아가시라고요. 전 정말 아버지가 싫다고요.

이때, 송나심이 들어온다.

송나심	(두 사람의 눈치를 본다) 두 사람, 싸웠어요?
김춘호	싸우긴…… .
송나심	창고 선반에서 팥과 찹쌀 좀 꺼내다 줘요. 오랜만에 당신 좋아하는 팥죽 좀 해볼라고요.
김춘호	아냐, 난 괜찮아. 저녁 같은 거 내가 해도 되니까 당신은 힘들게 그러지 말고 좀 쉬어.
성제	연극 좀 그만하세요. 무슨 꿍꿍이인지는 모르겠지만 아버지 맘대로 안 될 거예요.
송나심	성제야…… (김춘호에게) 난 괜찮으니까 내 말대로 하세요.
김춘호	(나간다)
성제	다시 한 번 말하지만 전 절대로 아버지랑 같이 살지 않을 거예요.
송나심	그런 말이 어딨어?
성제	내가 옥탑방 나와서 좋다면서요? 아버지가 계속 여기 있다면 전 다시 들어가 버릴 거예요.
송나심	네겐 아빠지만 내겐 남편이란다.
성제	그래서 더 이해가 안 가요. 딴 여자랑 바람났던 남편이

에요. 어떻게 그런 사람을 받아들일 생각을 해요?

송나심   난 그저 우리 세 식구 함께 살길 원할 뿐이야.

성제   제가 엄마한테 말하지 않은 게 있어요. 너무 충격을 받아서 절대로 엄마한테는 말하지 않겠다고 했지만 이제는 말해야겠어요. 야구 본다고 학교 끝나자 곧바로 집에 온 적이 있었어요. 그때 엄마는 외할머니 병간호 때문에 집에 없었고 아버지는 밭에 있을 시간이었어요. 그런데 TV 본다고 안방 문을 열었는데 아버지가 거기에 있었어요. 왠 낯선 여자와 함께 이불을 덮고 누워 있었던 거예요. 놀란 아버지가 학교 잘 갔다 왔냐고 물었지만 난 아무 말도 할 수 없었어요. 그래 놓고서는 우릴 버리고 그 여자한테 갔던 사람이 아버지라고요.

송나심   다 알고 있었다.

성제   알고 있었다고요? 어떻게요?

송나심   그때 이후 두 사람이 서먹해진 게 이상해 유심히 널 살폈다. 그러다 휴지통에 버린 연습장에서 네가 쓴 글을 보게 됐고 난 무슨 일이 일어났는지 알게 됐다. 넌 아빠가 우릴 버린 거라고 하지만 사실은 내가 내쫓았다. 그 사실을 알고는 도저히 가만히 있을 수 없었다. 아버지는 용서해 달라 했지만 난 그러지 않았다. 내가…… 내가 그 여자한테 가버리라고 했던 거야.

성제   그랬으면서 왜 이제 이러는 거예요?

송나심   네 아버질 내쫓았더니 넌 옥탑방으로 들어가 버렸어. 그

때야 화가 치밀어 물불 안 가릴 때였지만 네가 그러고 있으니 내가 정말 잘한 짓이었나 생각하게 됐단다.

성제 그럼 잘됐어요. 이젠 이렇게 나왔잖아요. 돌려보내자고요.

송나심 옥탑방을 나왔을 뿐이야. 아직은 누군가 네 곁에 있어 야 해.

성제 엄마도 있고, 톡천사님도 있어요. 아버진 필요 없다고요.

송나심 네가 받았을 충격, 실망 이해한다. 하지만 네 아버진 예 전에도 그랬고 지금도 너밖에 없단다. 너도 아버지 많 이 좋아했잖니? 둘이 맨날 언덕 올라 가 연 날리고 바람 개비 갖고 놀고…… 네 아버진 그걸로는 성이 안 찼는지 풍력발전기 세워야한다고 그랬고…….

성제 지금은 아녜요. 아버지랑 합치느니 옥탑방에서 게임이 나 하며 살 거예요.

3

성제와 톡천사가 휴대폰으로 대화한다. 마찬가지로 대화할 때마다 그 문장이 스크린에 투사된다. 성제가 톡천사와 대화하는 것은 현재이고 무대 위 인물들은 성제의 회상이다. 성제는 현재와 회상을 자유롭게 넘나들며 톡천사와 이야기를 이끈다. 회상 장면에선 현재보다 더 어둡고 은은한 조명을 사용한다.

성제   어떻게 해야 좋을지 모르겠어요.

톡천사   그 여자가 말하는 대로 신고할까?

성제   그보다 더한 것도 할 여자예요.

톡천사   어머니한테 사실대로 말하고 대책을 세워보는 게 어때?

성제   그럴 순 없어요. 남편은 외도, 아들은 성추행이라니……
충격 받을 거예요.

톡천사   하지만 성제는 억울한 거잖아. 말하면 어머니 다 이해하
실 거야.

성제   엄마와 톡천사님 덕분에 겨우 탈출했는데 실망시키고
싶지 않아요.

조명이 은은하게 바뀌면서 한쪽 구석에서 혜자가 딸기 모종에 물을 주고 있다. 그런 혜자를 바라보는 성제.

성제   그때, 아버지는 집을 나가 있었고 난 아버지에 대한 배신 감으로 방황하고 있었죠. 그러다 애들한테 맞기까지 하고…… 학교에 나갈 수가 없었어요. 그러다 불현듯 아버지한테 물어보고 싶은 게 생겼어요. 문자로 주소를 받아 찾아갔는데, 잘못 찾아간 건지 그곳에 혜자가 있었어요.

화가 난 듯한 장씨가 들어온다.

장씨   그 따위 삽괭이 좀 쓰자는데 징징대기는…….

씩씩대며 자리에 앉아 혜자 일하는 걸 쳐다본다.

장씨   오늘 중으로 물 다 줘라. 내일은 아주심기 해야 되니까.

혜자는 아무 대꾸 없이 물만 주고 있다.

장씨   저년이 저러니까 불난 줄도 몰랐지. 내가 왜 저런 병신 년을 데려왔는지 모르겠어.

성제   혜자는 지적장애인이었어요. 땟물이 흐르는 피부는 검 게 그을렸고 군데군데 커다란 멍자국이 보였어요. 옷자 락은 찢어져 빗자루처럼 바닥을 쓸었고 발가락 사이에 낀 진흙은 완전히 굳어서 그 애 신발 같았어요. 돌봄은 커녕 학대 받고 있음이 분명했어요.

이때, 물을 주던 혜자가 자리를 옮기다 모종 위로 미끄러져 넘어진다.

장씨   이년이…… 너보다 귀한 모종이야. 빨리 안 일어나.

혜자, 일어나려 안간힘을 쓰지만 다친 것인지 쉽게 일어나지 못한다. 화가 난 장씨, 조리개로 혜자에게 물을 뿌린다.

장씨   병신들 보면 치가 떨려. 새엄마 새끼도 너 같은 병신이었거든. 처음부터 두들겨 팼으면 오죽 좋아. 잘해주고 패는 경우는 뭐냐? 사람 헷갈리게. 밥솥으로 맞아본 적 있냐? 없지? 그럼 넌 복 받은 병신이야. 어휴…… 복 많은 병신아, 이 물이나 실컷 처먹어라.

제대로 움직이지 못하는 혜자, 그 물을 피하지 못한다. 장씨, 조리개를 내던지고 밖으로 나가버린다. 혜자, 가까스로 일어나지만 온몸이 젖어 부들부들 떤다. 성제, 조심스럽게 다가간다.

성제   애야, 이게 다…… 다 젖었네.

손수건을 꺼내 혜자 얼굴을 닦아주는 성제.

성제   어쩌다 이런 거야?

혜자　　　고…… 고마워요.

하지만 혜자의 한기는 점점 더 심해진다. 떨리는 몸을 진정시키려 온 몸을 감싸보지만 역부족이다.

성제　　　안되겠다. 옷이 다 젖어서 그래. 이걸로 갈아입어.

성제가 자기 바람막이를 벗어 혜자에게 준다. 머뭇거리는 혜자에게 다시 한 번 옷을 내밀고 자신은 뒤돌아선다. 그 틈에 혜자가 옷을 갈아입는다. 벗은 옷의 물기를 짠 후 바닥에 말린다.

혜자　　　고…… 고마워요. 따뜻하다, 따뜻해. 이…… 이름?

성제　　　나? 나는 김성제.

혜자　　　아니, 이 옷?

성제　　　그건 그냥 바람막이 옷이야.

혜자　　　바…… 람…… 막…… 이.

성제　　　넌 이름이 뭐야?

혜자　　　혜자.

성제　　　혜자…… 우리 엄마도 이름 예쁜데, 너도 그렇구나.

혜자　　　배달 왔어요?

성제　　　아니, 난 아버지 찾으러 왔어. 김춘호 씨라고 아니?

혜자　　　김…… 춘…… 호? 몰라요.

성제　　　여기가 맞는데…… 성내리 278번지.

혜자 김춘호, 없다.

성제 여기서 일해? 네 집이야?

혜자 우리집 불났어요. 엄마가 불 갖고 왔어요. 엄마가 죽는다고 했어요.

성제 아빠는 안 계셔?

혜자 아빠, 못 걸어요. 술만 마셔요. 때리기만 해요.

성제 우리 아빠도…… 집을 나갔어.

혜자 아빠 나빠요.

성제 그렇지. 우린 아빠가 나쁘니까 서로에게 힘이 될 수 있겠구나.

혜자 나 힘없어요.

성제 누가 그랬어. 바람을 이기려면 쪼그만 힘도 보태야 한다고…….

혜자가 바닥에 널어놓은 옷을 만져본다. 그리고는 바람막이 옷을 벗으려 한다.

성제 아냐, 아직 안 말랐어. 더 입고 있어.

혜자 아저씨 와요. 아저씨 무서워요.

성제 그러다 병난다고.

혜자 일해야 되요.

혜자, 막무가내로 옷을 벗으려 한다. 그런 혜자를 막으려 성제는 옷을 움켜잡는다. 이때, 장씨가 들어와 두 사람을 본다.

장씨   뭐하는 놈이야?

장씨가 성제를 떼어내 멱살을 잡는다.

장씨   병신도 여자라고 집적대냐?
성제   아녜요. 옷이 젖었기에 갈아 입혀 줬을 뿐이에요.
장씨   내가 너 같은 놈들 한두 번 본 게 아냐. 무릎 꿇어.

성제를 무릎 꿇린다. 그리고 휴대폰을 꺼내 사진을 찍는다.

장씨   좀만 늦었으면 어쩔 뻔 했어.
성제   아저씨가 생각한 그런 거 아녜요.
장씨   지랄 떨지 마. (혜자에게) 야 이년아, 그 옷 안 벗어.

혜자가 바람막이를 벗고 제 옷으로 갈아입는다. 장씨가 바람막이를
성제에게 집어던진다.

장씨   갖고 꺼져. 다시 또 얼쩡거리면 죽을 줄 알아. 성추행범
        으로 신고해버릴 테니까.

장씨와 혜자는 들어가고 성제는 바람막이를 털어 옷걸이에 건다.

성제   그 아줌마가 본 사진이 그걸 거예요. 전 이후부터 문 밖으로 나가질 못했어요. 학교도 그랬고 학교 아닌 곳도 제게는 무자비했어요.

조명이 바뀌며 교복을 입은 성제 친구 3명이 들어온다. 그 중 태석이 성제의 휴대폰을 뺏어 셀카를 찍는다.

태석   (찍힌 사진을 보며) 오…… 오진데. 인터넷이냐?
성제   엄마 친구가 읍내에 휴대폰 가게 냈어. 거기서 개통했어.
태석   졸라 좋아. 당분간 내가 쓴다.
성제   안 돼.
태석   (친구1,2를 위협하며) 야, 이 존마니가 안 된댄다.

친구1,2가 성제를 한 쪽으로 데려와 둘러싼다.

친구1   (때리려는 듯 위협하며) 야 새꺄, 당분간이라잖아. 존나 깨져볼래.
친구2   너 땜에 짱이 에바님 찌찌 못 보고 있는 거 알지?
성제   500개는 너무 많아.
친구1   그러니까 새꺄, 이걸로 퉁 쳐야지.

이때, 여선생이 들어온다. 성제와 친구들이 앉고 여선생은 지난 시간 진도를 묻는다. '편서풍과 황사'까지 했다고 하자 여선생은 알았다고 하고 가상의 칠판에 필기를 시작한다. 태석이 고양이처럼 몰래 나오더니 여선생 치마 밑으로 휴대폰을 밀어 넣는다. 신호를 주자 친구1이 재채기를 하고 그 소리에 맞춰 사진을 찍는다. 태석은 조용히 자리로 돌아간다. 태석과 친구1,2가 그 사진을 보고 낄낄댄다. 웃음소리가 커지자 여선생이 주의를 준다. 다시 조용해졌다가 이번에는 그 사진을 서로 보겠다고 친구1,2가 실랑이한다. 그러다 휴대폰을 바닥에 떨어뜨린다. 여선생이 뒤돌아보고 휴대폰을 발견한다.

여선생   갖고 와.

친구2가 갖다 준다.

여선생   너네 반장은 휴대폰 안 걷냐?

휴대폰 사진을 보게 되고 기겁한다.

여선생   (친구2한테) 네가 그랬냐?
친구2   아닌데요, 성제 거예요.
여선생   (성제한테) 너냐?
성제   제 건데요, 사진은 안 찍었어요.
여선생   그럼 누구야?

성제는 망설이고 태석과 친구1,2는 노려본다.

여선생　다 따라 나와. 촌놈의 새끼들이 더해.

모두 들어간다. 잠시 후 성제와 태석, 친구1,2가 나온다.

태석　(성제를 때릴 듯 위협한다) 날 꼰질러 그 메기 찐따 같은 년한테 맞게 해. 씨뱅아, 똑바로 서.

성제가 열중 쉬어 자세를 취한다. 태석이 때리려고 주먹을 쥐었다 폈다 한다.

태석　아니지, 이 존만이 또 꼰지를 거 아냐. 야 씨발새끼들아 일루와.

친구1,2가 머뭇거리며 태석한테 간다.

태석　너희 씹새들 때문에 이 몸이 아랫도리 볼 것도 없는 년한테 당했어. 저 씨발 꼬붕이한테 당했다고 이 씹새들아.

친구1,2를 주먹으로 두들겨 팬다. 이내 쓰러지는 친구1,2.

태석　일어나. 이제부터 나 대신 저 씨발놈을 팬다. 하나 빨고

올 때까지 저 새끼 말짱하면 내가 너희 새끼들 반병신
만든다.

태석 들어간다. 친구1,2 성제 앞에 서더니 곧바로 성제를 때리기
시작한다.

친구1　뭣도 없는 새끼가 존나 분위기 파악 못해.

친구2　제발 좀 꺼져 주면 안 되냐. 이 등신 새끼야.

성제　(손을 휘저으며) 잠깐만…… 잠깐만 내 얘기 좀 들어봐.

친구1　우리 얘기나 잘 들어, 이 씨뱅아.

성제　너네도 태석이 싫어하잖아. 그냥 겁나서 따라다니는 거
잖아?

친구2　그래서?

성제　우리 이렇게 셋이 합치면…… 힘을 모으면…… 태석이
정도는 이길 수 있잖아?

친구1　(다시 때리며) 그보다 더 간단한 게 있어, 존만아.

친구2　(역시 때리며) 개새끼야, 너 때문에 우리가 힘들거든.

친구1　너만 안 보이면 된다고…… 알겠냐 씨뱅아.

친구1,2 들어가고 조명이 바뀌면서 성제만 남는다.

성제　더 이상 학교에 나갈 수 없었어요.

톡천사　그래서 아버질 찾아갔구나.

성제　묻고 싶었어요. 아버지가 말한 게 왜 하나도 안 맞는 건
　　　지…….

다시 조명이 바뀌면서 바람막이를 입은 김춘호가 풍향계 앞에서
연을 날리고 있다. 바람이 거세 풍향계와 풍속계가 요동친다. 바람
개비를 든 어린 성제가 계단을 올라 아버지 옆에 선다.

성제　바람이 너무 많이 불어요.

김춘호　어디나 바람은 거세단다.

성제　그래서 아빠가 연날리기를 좋아하는 거야?

김춘호　바람을 이기려는 기야. 히지만 네가 없으면 안 돼.

성제　난 힘이 없어요.

김춘호　바람에 맞서려면 쪼그만 힘도 보태야 해. 난 여기다 풍
　　　력발전기를 유치할 거야.

성제　아빠 멋져.

김춘호　그래서 사람들한테 전기를 나눠 줄 거야.

성제　하지만 사람들이 싫어할 거라고 엄마가 그랬어.

김춘호　공사하면 산이 깎이니까.

성제　그럼 어떡해?

김춘호　모두한테 좋은 거면 사람들은 손을 잡게 돼 있어. 바람
　　　앞에서 늘 그래왔어. 분명 내 손도 잡아줄 거야.

성제　그게 바람을 이기는 거야?

김춘호　그렇지. 없앨 수 없으니까.

바람이 더욱 거세진다. 성제가 움츠러들자 김춘호가 바람막이 옷을 벗어 입혀준다. 그리고는 성제 앞에 서서 바람을 막는다.

조명이 바뀌면 김춘호 들어가고 성제는 언덕에서 내려온다.

톡천사   이제 어떡할 거야?

성제   혜자를 만나 봐야겠어요.

톡천사   널 기억이나 할까?

성제   (바람막이를 벗으며) 이거라면 기억할 거예요.

톡천사   그런다고 달라질 게 없어.

성제   우리 둘 다 나쁜 아빠를 가졌어요. 힘이 돼줄 거예요.

톡천사   설마 혜자가 사실대로 말해주길 바라는 거야? 혜자는 약자야. 그렇게 말하지 못할 거야.

성제   지금으로서는 그 애밖에 없어요. 손을 내밀어 봐야죠.

톡천사   하지만 넌 2년 동안 한 번도 집 밖으로 나가보질 못했어.

성제   나가야죠. 언제까지 두더지처럼 살 순 없어요.

현관문 앞에 서는 성제. 문을 연다. 세차게 들려오는 바람 소리. 당황하여 다시 문을 닫는다. 잠시 숨을 고르고 바람막이를 입는다. 다시 문을 열고 바람 속으로 들어가는 성제.

4

혜자는 비닐하우스 바닥에 나뒹구는 비닐이며 나뭇가지, 페트병 등의 쓰레기를 자루에 담고 있다. 장씨는 뭉개진 딸기 모종을 허망하게 바라보며 앉아 있다.

장씨 빌어먹을 태풍은 왜 와 갖고…… 왜 하필 하우스 증축한 올해 오난 말이야. 들인 돈인 얼만데…… 다 무너졌어. 다 꺼져 버렸다고. 씨발, 대민봉사 오려면 오늘 와야 할 거 아냐. 자율방범대장쯤은 보이지도 않다는 거야 뭐야.

이때, 허리를 숙인 채 뒷걸음질하던 혜자가 장씨와 부딪힌다.

장씨 이 년이…… 똑 바로 못해.
혜자 (허리를 숙이며) 죄…… 죄송해요.
장씨 하여튼 이 년 온 뒤로부터 되는 일이 없어. 마누라넌 인감 빼서 튀질 않나 교통사고 나서 무릎이 깨지질 않나, 거나하게 일 벌려 놨더니 태풍이 오질 않나, 되는 일이 없어. 그렇다고 눈치가 있길 하나.

그리고는 장 씨는 허리 숙여 일하는 혜자를 한동안 말없이 바라본다.

장씨   나도 본전 생각이 난단 말이야. 야, 일루 와 봐.

혜자가 하던 일을 멈추고 장씨한테 온다.

장씨   무릎에 칼 좀 댔더니 존나 쑤신다. 좀 주물러 봐라.

그러면서 두 발을 앞으로 쭉 내민다. 혜자, 무릎을 꿇은 채 두 손으로 안마를 하기 시작한다. 안마가 계속 이어지면서 장씨는 눈을 감은 채 고개를 뒤로 젖힌다. 그리고는 혜자가 안마하는 오른발을 들어올린다. 장씨의 오른발은 혜자의 가슴 위치에 이른다. 눈을 뜬 장씨. 발가락으로 혜자의 셔츠를 건들더니 가슴까지 희롱하려 든다. 혜자가 뒤로 물러난다.

장씨   어이구, 이 년이…….

오른발을 내리는 장씨. 다시 하라는 눈짓에 혜자가 안마를 이어서 한다.

장씨   그렇지. 좀 더 위…… 더 위로.

혜자의 안마는 장씨의 허벅지까지 다다른다. 이 때 갑자기 장씨가 혜자의 손을 잡더니 자기의 사타구니로 가져간다. 놀라 손을 빼려는 혜자.

장씨 이런 것도 만져 봐야지. 그래야 어른이 되는 거야.

장씨의 완력을 이기지 못하고 끌려가는 혜자. 급기야 울고 마는 혜자.

혜자 그…… 그만. 무서워요.

장씨 안 그쳐. 나 같은 사람이 어디 있는 줄 알아? 그동안 먹여주고 입혀준 값이야.

이때, 마을주민 한 명이 들어온다. 장씨, 황급히 하던 짓을 멈춘다. 마을주민, 아무 것도 안 봤다는 듯 시선을 돌린다. 계속해서 우는 혜자.

장씨 아니, 애가 지렁이 큰 걸 봤다고 이러는 게 아닌가. 그게 뭐라고. 내가 치웠으니까 걱정 마. 뚝 그쳐. (사이) 자넨 웬 일로?

마을주민1 회관에서 제비뽑기 한다 해서, 장 씨도 참석하래.

장씨 웬 제비뽑기?

마을주민1 내일 모레 경찰들 대민봉사 오잖은가, 그때 어떤 집부터 작업할 건지 순서 정한대.

장씨 이제 하다하다 제비뽑기까지 해. 기가 차구만.

장씨와 마을주민 들어간다. 혼자 남은 혜자의 울음이 조금씩 잦아

든다. 성제가 조심스럽게 비닐하우스로 들어온다.

성제	애야, 아직도 여기 있구나.
혜자	누…… 누구세요?
성제	나 모르겠어? 2년 전에 내가…….
혜자	모…… 몰라요.
성제	(바람막이를 보여주며) 이걸 입혀줬잖아.
혜자	…….
성제	네가 젖어 있어서 이걸 입혀줬어.
혜자	생각 나. 바…….
성제	그래, 바람막이
혜자	바·람·막·이. 따뜻해.
성제	내가 뭐 물어볼 게 있는데…….
혜자	나, 바보야. 몰라.
성제	아니, 이건 너만 말할 수 있어.
혜자	나 바보다.
성제	그러니까 2년 전에 너 만났을 때 내가 나쁜 짓 하거나 그러진 않았잖아? 그치?
혜자	나쁜 짓?
성제	널 만지거나 뭐, 그런 거?
혜자	(움츠러들며) 만지면 무섭다. 아저씨 무서워.
성제	아니야, 여긴 아저씨 없어. 무서워하지 마.
혜자	(고개만 끄덕인다)

성제	내가 뭘 했는지 혹시 기억 나?
혜자	옷 입혀줬다.
성제	고맙다. 기억하는구나.
혜자	나도 고맙다.
성제	그런데 내가 그 일로 곤란한 상황이라…… 네 도움이 필요해.
혜자	도움이 필요하다.
성제	다른 사람들한테 내가 그냥 옷만 입혀줬던 거라고, 아무 짓도 안 했다고 말해줄 수 있어?
혜자	바보다.
성제	아니, 넌 바보 아냐. 그렇게 애기할 수 있어.
혜자	아저씨 무섭다.
성제	혜자야, 나도 무서워. 하지만 너밖에 없어.
혜자	아저씨 때린다.
성제	부탁이야. 제발 내 손을 잡아줘.

5

무대 왼편에서 노래방 반주에 맞춰 이미옥이 이지연의 '바람아 멈추어다오'를 부르고 있다. 이때, 송나심이 들어온다.

송나심   미옥아!

이미옥   그렇지. 나한테 안 올 수 없었겠지.

송나심   이제 그만 우리 남편 보내줘.

이미옥   내 오빠 살려내. 그럼 보내줄게.

송나심   잘 사는 줄 알았는데…….

이미옥   아주 잘 살았지. 공장 놈팽이 새끼들 허구한 날 집적댔고, 남편 놈은 내 애 갖고 싶지 않다고 지 새긴데도 지우라고 했고 몸조리도 못한 날, 일 안 나간다고 두들겨 팼지. 다 이게 네 덕분이야.

송나심   사고였을 뿐이야.

이미옥   안 가겠다는 오빠 네년이 억지로 끌고 갔어. 제발 가지 말라고 하는 날, 네년이 뿌리쳤다고.

송나심   오빠도 재미있을 것 같다고 했어. 네가 그런 건 샘이 좀 많아서 그런 거라 생각했고.

이미옥   그 계곡에 네가 빠졌어야지. 네가 죽었어야지.

송나심   남편과 바람난 여자가 너라는 걸 알았을 땐, 그래서 오히려 맘이 편했어. 애가 일부러 그랬구나, 생각하니 잘됐

39

다 싶기도 했어. 나한테도 그런 응어리가 있었을 테니까. 하지만 미옥아, 여기까지만 하자.

이미옥 네 남편 내게 줘. 그래야 끝나.

송나심 네 오빠 죽었어. 한 가정을 깰 만큼 대단하지 않다고…….

이미옥, 송나심의 뺨을 후려친다.

이미옥 할아버지가 계셨지만 우린 고아나 마찬가지였어. 오빠…… 내겐 아빠였고, 세상 전부였어.

송나심 그래, 알았어. 네 맘대로 김춘호는 너 가져. 하지만 성제 아빠 돌려 줘.

이미옥 장난해?

송나심 이혼할 테니 김춘호랑 혼인신고 해. 대신 성제 아빠 못 줘. 성제 아빠 아들 곁에 있게 해 줘.

이미옥 나보고 껍데기만 가지라고.

송나심 성제…… 이제 겨우 바깥으로 나왔어. 어른들이 더 신경 써 줘야 해.

이미옥 그거면 송나심 씨가 하면 되겠네.

송나심 그래도 되지만…….

이미옥 들어가고 송나심이 무대 가운데로 옮기면 김춘호가 들어온다.

김춘호	몸도 약한 사람이 어디 갔다 왔어?
송나심	우리 이혼해요.
김춘호	갑자기 왜 그래?
송나심	그 여자 만나고 왔어요.
김춘호	거길 왜 갔어? 그 여자…… 입에 달고 사는 게 이혼이야.
송나심	내가 해준다고 했어요.
김춘호	여보…… 정말 내가 당신이나 성제한테 면목없지만…… 이혼은 안 돼.
송나심	안 해주면 그 여자…… 무슨 짓을 할지 몰라요.
김춘호	그러다 말 거야. 이혼하자고 날 부른 건 아니잖아?
송나심	중요한 건…… 당신이 성제 곁에 있는 거예요.
김춘호	난 당신도 필요해.
송나심	그 여자…… 내가 아는 여자예요.
김춘호	어…… 언제부터?
송나심	같은 동네에서 자랐어요. 미옥이 오빠랑 잠시 사귀었고…… 그 오빠랑 계곡에 놀러 갔었는데 갑자기 폭우가 쏟아졌어요. 잠시 그친 틈을 타 빠져나오려다 둘 다 물에 빠졌어요. 그런데 나만 구조됐어요. 오빤…… 3일 만에 수문 근처에서 발견됐고. 미옥인 날 죽이고 싶을 만큼 미울 거예요. 그 남매가 엄청 각별했거든요.
김춘호	나한테 일부러 접근했다는 거네.
송나심	그건 몰라요. 이혼해 주자고요.
김춘호	가만 안 둬.

나가려 한다. 송나심이 붙잡는다.

송나심　내 탓이에요. 내가 업어달라고 했거든요. 안 그랬으면 미
　　　　끄러지지도 않았을 거고…….

김춘호　그렇다 해도 당신 책임 아냐.

송나심　내겐 성제만 중요할 뿐이에요.

송나심은 나가고 이미옥이 무대 왼편에 등장하면 김춘호가 이미옥
에게 간다.

이미옥　드디어 돌아오는 서야? 반가워.

김춘호, 이미옥의 멱살을 잡는다.

김춘호　이제야 알았어. 왜 그렇게 내게 매달렸는지.

이미옥　좀 진정하고…….

김춘호　우리 집에 오려 했던 것도 다 그 때문이지? 이불 속에 있
　　　　는 우릴 보고 성제는 입을 다물었어. 난 쫓겨났고……
　　　　그래서 후련했냐?

이미옥　(김춘호의 손을 치며) 이거 좀…….

김춘호, 아랑곳없이 더 세게 옥쥔다.

김춘호   너 때문에 이혼까지 하게 생겼어.

이미옥   왜 그게 나 때문이야.

이미옥, 세차게 김춘호의 손을 뿌리친다.

이미옥   내 오빠를 가져갔으면 자기 남편을 주는 건 당연한 거지.

김춘호   그래서, 이 짓거리가 아무것도 아니라는 거야?

이미옥   한 가지는 말할게. 나, 당신이 처음부터 누군지 알았던 거 아냐. 발전기 회사 팀장하고 주민들 몇 명이 노래방에 왔을 때, 당신이 날 막아줬잖아. 음탕하게 내 가슴에 손 넣는 치들 당신이 말려줬잖아. 그때부터 당신한테 관심이 갔던 거야. 내 오빠 같았으니까.

김춘호   그렇더라도 내가 누군지 알았다면 그만 했었어야지.

이미옥   왜 그만해? 매달리는 나한테 자기는 유부남이라며 부부 사진을 보여줬는데 거기에 송나심이 있었어. 내가 무슨 생각이 들었는지 알아? 당신이 내 거라는 생각…… 죽은 오빠가 환생했구나 하는 생각. 이거는 보통 인연이 아니었으니까.

김춘호   사람들이 정말 원망스럽다. 발전기 동의만 해줬어도 단합대회 한다고 네 노래방 따위 안 갔을 텐데…….

이미옥   이젠 나랑 살아. 송나심이 이혼해 준다고 했잖아?

김춘호   택도 없는 소리. 내 귀는 밀랍이 아냐. 나하고 있으면서도 갈빗집 한 사장 넘본 거 모를 줄 알아?

이미옥	아냐, 아니라고…… 어떤 놈이 그런 소릴 해.
김춘호	거기 붙어살아. 엄한 데 눈독 들이지 말고…….
이미옥	이대론 못 끝내.
김춘호	이미 끝났어.
이미옥	당신 아들과 난 아직 안 끝났어.
김춘호	뭐라고?
이미옥	감방 갈 준비나 하라 해.

이미옥 들어가고 김춘호가 무대 중앙으로 나오면 성제도 나온다.

김춘호	그 아줌마가 너한테 무슨 말 한 거 있지?
성제	사실대로 말하면 들어줄 거예요?
김춘호	성제야, 내가 같잖게 애비 노릇 하려는 게 아니다. 네가 걱정돼서 그럴 뿐이야.
성제	그렇게 걱정하시는 분이 아들이 아버지 만나러 가겠다고 해놓고 안 나타났는데 아무 연락도 안 해요?
김춘호	무슨 말이냐? 네가 언제 날 만난다고 했어?
성제	만나러 간다니까 문자로 주소까지 보내줬잖아요.
김춘호	그 여자 짓이야. 그 여자 맨날 내 휴대폰 검사하던 여자야.
성제	거기 갔다가 혜자라는 여자애를 만났어요.
김춘호	장 씨네구나.
성제	그 애가 불쌍해 좀 도와줬는데 그 아저씨가 절 성추행범

이라고 사진 찍고 막 그랬어요. 그거 갖고 아줌마가 그러는 거예요.

김춘호 다 내 잘못이구나.

성제 아셨으면 그 아줌마한테 가세요. 제발.

김춘호 감방 얘기는 뭐냐?

성제 아버지가 안 돌아오면 신고한다는 거예요. 경찰들 대민 봉사하는 날에.

김춘호 네가 자꾸 돌아가란 이유가 있었구나.

성제 그게 아니어도 전 아버지랑 같이 살고 싶지 않아요.

김춘호 내가 죄인이니 강요하지는 않으마. 하지만 난 돌아가지 않을 거고 널 감방에도 보내지 않을 거야.

성제 끝까지 이기적이시겠다?

김춘호 장 씨가 그 애 학대하는 건 동네 사람 전부 알고 있다. 그러니 사람들은 장 씨보단 널 믿을 게 틀림없어.

성제 어머니한테는 절대 말하지 마세요.

6

김춘호 들어가고 성제는 톡천사와 대화한다.

성제   감방은 옥탑방보다 더 힘들겠죠?

톡천사   옥탑방엔 어머니가 있었지만 거긴 아무도 없어.

성제   톡천사님도 계셨죠.

조명이 바뀌면서 성제는 옥탑방으로 올라 가 과자를 먹으며 휴대폰으로 게임한다. 어머니가 올라 와 가상의 문 잎에 김밥과 콜라를 놓는다.

송나심   (문을 두드리며) 성제야, 학교 가란 말은 안 할게. 제발 방에서 좀 나와.

성제   난 여기가 좋아. 먹을 것도 있고 친구도 있어.

송나심   걔네가 왜 친구야?

성제   애들 너무 귀엽잖아. 요새 콘이 새초롬하대. 자기가 예뻐하면서 무지를 키웠는데 덩치가 커지다보니까 지금은 반대가 돼버렸대. 콘은 안됐지만 무지란 녀석이 부러워. 잘 커서 단무지가 토끼가 된 거잖아. 이젠 콘의 도움도 필요 없고…… 혼자서도 잘해 나갈 거야.

송나심   친구가 그러더라, 걔네들 다 돈 벌려고 만든 캐릭터들이라고. 사람이 사람을 만나야지 제대로 사는 거야.

성제　엄마가 있잖아. 그거면 돼.

송나심　내가 백년 만년 사는 게 아니잖니?

성제　안 돼. 엄만, 나보다 더 오래 살아야 돼. 알았지?

송나심 들어가고 성제는 조심스레 문을 연다. 바람소리 들려오고, 성제는 잽싸게 김밥과 콜라를 문 안으로 가져온다.

톡천사　뭐하고 있었어?

성제　매번 똑같죠. 게임하고 자고 먹고…… 편해요.

톡천사　바깥에 나가보고 싶진 않아?

성제　저 바람이 맘에 들지 않아요.

톡천사　바람은 어디나 있어.

성제　내가 꿈꾸는 언덕엔 바람 한 점 없어요.

톡천사　그런 덴 없어. 그리고 바람은 손을 맞잡은 사람들한텐 아무 것도 아닌 거야.

성제　아버지도 그렇게 말했지만 결국엔 우릴 버렸어요.

톡천사　하시만 영원히 옥탑방에서 살 순 없어.

성제　저한텐 여기가 꿈꾸던 언덕이에요. 심심하면 게임하고 잠자고, 배고프면 엄마가 갖다 준 김밥이나 샌드위치 먹고…… 골치 아픈 일도 없고 친구들 비위 맞추려 신경 쓰지 않아도 되요.

톡천사　누구 때문에 그렇게 살 수 있는데?

성제　　그야, 엄마죠.

톡천사　그래 엄마야. 하지만 네 엄만 영원히 살 수 없어. 너보단
　　　　　먼저 죽는다고.

성제　　천사님, 오늘 왜 이래요? 왜 삐딱해요? 그런 말 하지 마
　　　　　세요.

톡천사　내가 누군지 궁금하지 않아? 널 밖에서 한번 보고 싶다
　　　　　는 거야.

성제　　자꾸 그러시면 천사님도 안 볼 거예요. 전 이대로 사는
　　　　　게 좋다고요.

톡천사　너한테서 냄새가 날 거야. 한번 맡아 봐.

성제　　(팔을 들어 냄새를 맡으며) 어쩔 수 없어요. 잘 씻지를 못하
　　　　　니…….

톡천사　곁에 없어도 난 네 냄새를 맡을 수 있어. 생명이 썩고 있
　　　　　을 테니까.

성제　　오늘 정말 너무 하시네요. 이만 끝내요.

톡천사　끝내겠다니 한 마디만 할게. 네 방을 잘 둘러 봐. 어디에
　　　　　도 살아 있는 게 없을 거야. 거긴 무덤일 뿐이야. 거길 나
　　　　　오지 않는 이상 넌 죽어갈 수밖에 없어.

무대 중앙으로 내려오는 성제. 조명이 바뀐다.

성제　　그 말이 너무 무서웠어요. 죽어가고 있다는 말. 결국 천
　　　　　사님의 그 말 때문에 밖으로 나온 것 같아요. 불 끄고 누

우면 정말로 무덤 속에 있는 것 같았어요. 타투처럼 내려앉은 죽음이 내 옆에 있었어요.

톡천사 누구보다도 네 탈출을 환영해.

성제 하지만 더 이상 나가지 못하겠어요.

톡천사 아냐. 지금까지 잘해나가고 있어.

성제 나오지 말았어야 했어요. 아버진 또 한 번 절 외면했어요. 혜자는 원망할 수도 없고. 정말로 제 곁엔 아무도 남아 있지 않아요.

톡천사 너한텐 너밖에 모르는 엄마가 있잖아.

성제 엄마는 평범하고 나약한 여자일 뿐이에요. 애들하고 문제 있어 학교에 왔을 때도 엄만 울기만 했어요. 제게 힘이 돼주지 못했어요. 그래서 지금 이런 상황도 알리지 않는 거예요. 힘들어 하기만 할 뿐이에요.

톡천사 네 엄만 다 알고 있을 거야.

성제 아버지한테 절대 말하지 말라 했어요. 아마 그건 들어줄 거예요.

톡천사 그 천사가 네 엄만데 어떻게 모를 수가 있겠니?

송나심, 무대를 가로질러 성제 앞에 선다.

성제 엄마…… 어떻게 된 거야?

송나심 바로 내가 그 톡천사였단다.

성제 엄마가…… 톡천사님였다고?

송나심   그렇단다.

성제   왜 그랬어? 왜 그랬냐고?

송나심   사람들한테 상처 입을까 봐 캐릭터들과만 노는 널 내버려둘 수 없었다. 그래도 이 세상에 널 아껴주고 보살펴주는 사람이 엄마 말고도 있다는 걸 보여주고 싶었다. 그래야 세상 밖으로 나올 수 있을 거라 생각했어. 친구가 알려 주더라. 하나의 폰으로 두 개의 번호를 가질 수 있다고. 자기도 그걸로 사춘기 딸과 소통한다고. 그래서 나도 그렇게 너하고 톡했던 거야.

성제   톡천사님만 믿고 나왔는데, 톡천사님이 엄마면…… 이제 나는 누굴 의지하라고?

송나심   내가 있잖니. 네 생각만큼 엄마, 그렇게 약하지 않아.

성제   그럼 왜 가만히 계셨어요? 그 아줌마가 날 괴롭히는 걸 알면서 왜 가만히 계셨냐고요? 아버질 돌려보내면 모든 게 끝나는 것이었잖아요.

송나심   성제야, 네 곁에 나도 있어야 하지만 네 아버지도 있어야 한다. 언젠가는 내 뜻을 이해할 날이 오게 될 거야.

성제   엄마도 아버지랑 똑같아요. 이젠 정말 내게 아무도 없어요.

송나심   네 아버지, 난 이미 돌려보냈다. 이혼하기로 했어. 그 여자랑 혼인신고 하라고 했다. 하지만 몸만은 네 곁에 있게 해 달라 했어.

성제   왜 그래야 하냐고요? 제가 싫다는데 왜 자꾸 아버질 붙

잡냐고요?

송나심 너 혜자한테 갔다 왔지만 아무 것도 얻지 못했다. 아직은 네 힘만으론 부족하다는 거야.

성제 그러면, 내 힘만으로 이겨내면 아버진 필요 없겠네요. 알겠어요. 잘 보세요. 내가 어떻게 하는지…….

7

경찰서 안전과장이 장씨를 비롯한 마을주민과 악수하며 얘기하고 있다. 그들의 대화는 관객에게 들리지 않는다. 이미옥과 김춘호가 등장한다. 사람들한테 가려는 이미옥을 김춘호가 막아서고 있다.

김춘호　나랑 얘기 좀 해.

이미옥　다시는 안 본다며 무슨 얘길 해?

김춘호　이건 어른들 문제야. 성제는 끌어들이지 말라고.

이미옥　그럴 생각 없어.

김춘호　성제 잘못 되면 정말로 가만 안 둬.

이미옥　옥탑방이나 감방이나 거기서 거기 아냐?

김춘호　그래서 틀린 주소 보내줬냐?

이미옥　무슨 말이야?

김춘호　성제가 찾아온다고 했을 때 장 씨네 주소 보내줬잖아?

이미옥　내가 왜? 그런 적 없어.

김춘호　내 휴대폰 맨날 검사했으면서 그런 말이 나와?

이미옥　아줌마들한테 하는 거 보면 그럴 만도 했잖아.

김춘호　내 아내랑 사연 있는 것 알아. 하지만 거기까지야. 백번 양보해서 우리 집 찾아와서 흉한 꼴 애한테 보여 준 것, 그럴 수 있다 쳐. 하지만 애한테 없는 죄 씌워서 자기 한풀이 하겠다는 건 아니잖아? 사람 할 짓이 아니란 말이다.

이미옥 (목소리가 높아진다) 당신 마누라 울며 애원하는 날 밀쳐냈어. 우리 반 애 사고 난 곳이라 가지 말라 했는데 당신 마누라 우리 오빠 억지로 끌고 갔어. 그러고는 자기 혼자 살아 왔어. 내게 용서를 빌었어야지. 뺨이라도 수천 대 맞았어야지. 한 번도 내 앞에 나타나지 않았어. 할아버지 장례식조차 오지 않았어. 그거는 사람이 할 짓이야? 사람이면 그럴 수 있냐고?

이때 장씨와 안전과장이 두 사람한테 온다.

장씨 두 사람 뭐하는 거야? 과장님도 계시는데…… (사이) 그래도 제비뽑기는 너무 했어요.

안전과장 모든 주민들이 성화시다 보니까 그렇게 됐습니다. 이럴 때일수록 원칙이 있다는 점을 고려해주셨으면 합니다.

장씨 뭐, 하여튼 인력 동원해줘서 고맙소. 덕분에 급한 불은 껐으니까.

안전과장 당연히 해야 할 일입니다. 근래 보기 드문 강력한 태풍이 왔고 관내 비닐하우스 대부분이 소실되었다고 들었습니다. 이렇게 많은 분들이 애쓰시는데 저희 경찰도 당연히 힘을 보태야 하는 거죠. 이런 힘이 모인다면 태풍 아니라 더 큰 재난이라도 능히 이겨낼 수 있다고 믿습니다.

장씨 말을 어쩜 그리 잘하셔.

이미옥 (장씨를 팔로 잡으며) 그거 얘기 안 하세요?

장씨   예? 뭘요?

김춘호   (이미옥을 막아서며) 정말 이러기야?

이미옥   나한테 성추행했다는 애 보여줬잖아요?

장씨   아…… 그거요. 다 지난 일인데요.

안전과장 성추행이라니 무슨 일입니까?

장씨   아무 것도 아녜요.

김춘호   과장님, 오늘 와주셔서 정말 감사했습니다. 이제 귀청하
         셔도 될 것 같습니다.

안전과장 그래도 경찰 본연의 임무가 있습니다. 말씀해 보세요.

이미옥   제가 대신 말씀 드릴게요.

김춘호   당신이 뭔데 나서?

장씨   별 것도 아닌데 왜 그래요? 벌써 2년이나 지났구먼.

이미옥   이분이 데리고 있는 장애아 한 명이 있습니다. 그런데
         혼자서 일하다 어떤 고등학생…… 정확히는 이분 아드
         님한테 성추행을 당한 모양입니다.

김춘호   당신이 봤어? 삼자가 왜 나서.

장씨   걔가 김춘호 아들이었어? 부전자전이었구먼.

이미옥   그렇다니까요.

안전과장 말이 나왔으니 정확히 짚고 넘어가죠. 그 애는 어딨습
         니까?

이때, 성제 등장한다.

김춘호 성제야!

이미옥 제 발로 들어가고 싶다 이거지. 알았어. 기다려.

이미옥 들어간다.

김춘호 뭐 하러 왔어?

성제 제 일이에요.

이미옥이 혜자를 데리고 나온다.

이미옥 이 불쌍한 애를 쟤가 추행했다는 거 아닙니까?

안전과장 그러니까 이 두 사람이 성추행 피해자와 가해자란 말씀
이십니까?

장씨 어린 애가 호기심에 그럴 수도 있죠.

김춘호 장 씨, 함부로 말하지 마.

장씨 아들이라고 편드시는 거야. 조강지처 냅두고 딴 여자랑
뒹구는 데 아들이라고 별 수 있을라고.

김춘호 불쌍한 어린 애 학대하는 네 놈보단 나아.

장씨 말조심해. 책임 못질 거면 찌그러져 있으라고.

안전과장 일단 학생 얘기부터 들어봅시다.

성제 전 절대로 그런 적 없습니다. 애가 물에 젖어 있었고 그
래서 제 옷을 입혀줬을 뿐입니다.

장씨 어쭈, 지난 일이라고 완전 오리발이네.

이미옥 사진을 보여주세요. 그게 증거잖아요.

안전과장 어떤 사진입니까?

장씨 (휴대폰을 꺼내 그 사진을 찾아 과장에게 보여준다) 이거예요.

안전과장 (휴대폰을 받아 자세히 본다) 여긴 저 학생 밖에 없는데요?

장씨 (다시 가져오며) 그 장면은 아니고 내가 왔을 때 저 녀석이 혜자 옷을 막……

안전과장 그걸 직접 보셨다는 겁니까?

장씨 그렇다니까요. 애가 얼마나 충격을 받았겠어요.

성제 그게 아니라니까요. 마르지도 않았는데 자꾸만 갈아입 겠다고 해서 막고 있던 중이었어요. 그때 저 아저씨가 온 거구요. 혜자가 아저씨를 엄청 무서워했어요.

장씨 뭐, 임마. 그게 이거랑 뭔 상관이야.

안전과장 이런 사건 같은 경우 어쩔 수 없이 피해자 진술에 의존 할 수밖에 없습니다. (혜자에게) 너 이름이?

장씨 혜자라고 해요.

안전과장 그래, 혜자…… 넌 저기 저 학생을 아니?

장씨 모를 리가 있나. 안 그래?

안전과장 대장님은 좀…… 잠시만 비켜주시고요.

장씨, 조금 뒤로 물러난다.

안전과장 저 학생을 알아?

혜자 …… 예.

56

안전과장 그럼, 2년 전에 저 학생이 너한테 나쁜 짓 한 거 있어?

혜자 …….

안전과장 말해도 괜찮아. 나쁜 짓 했으면 벌을 받아야 하니까.

장씨 혜자 너, 똑바로 말해라. 말하기 싫음 고개만 끄덕여 봐. 저 녀석이 너 옷 벗기고 만지고 막 그랬지?

안전과장 대장님 왜 그러실까?

장씨 그랬잖아?

혜자 (조용히 고개를 끄덕인다)

장씨 보세요. 얘는 거짓말 못 해요. 완전 쌍으로 여잘 밝혀요. 애비나 자식이나.

성제 혜자야, 그거 아니잖아. 너 추울까봐 옷 입혀줬을 뿐이잖아. 왜 아니라고 말 못해. 왜.

김춘호 과장님, 과연 혜자가 지금 사실대로 말할 수 있다고 생각하십니까?

안전과장 그건 무슨 말씀입니까?

김춘호 혜자가 여기 온 후로 장 씨로부터 학대받고 있다는 것은 동네 사람들 전부 아는 사실입니다. 그런 혜자가, 무서운 장 씨가 버티고 있는 이 상황에서 신실을 말할 수 있다고 보십니까?

장씨 이게 어디서 구라질이야? 본 사람 있어? 내가 학대한 걸 본 사람이 있냐고?

김춘호 다들 아시잖아요? 장 씨가 혜자 괴롭히는 것 다들 알잖아요? 만날 때마다 혜자 불쌍하다고 다들 그랬잖아요?

동네 사람들에게 동의를 구하지만 모두 그를 외면한다.

장씨   더 이상 봐줄 것도 없고. 과장님, 전 이놈을 정식으로 고
소해야겠습니다. 지 애비가 저렇게 나오면 저도 참을 수
가 없는 거지요.

이미옥   감방에서도 잘 있을 거예요. 골방에 처박히는 걸 아주
잘한대요.

안전과장   규정된 절차를 밟으시면 저희가 성심껏 처리해 드리도
록 하겠습니다.

성제   정말 너무들 하십니다. 제가 무슨 죕니까? 그냥 애 불
쌍해서, 옷 한 번 입혀줬다고 이렇게나 절 괴롭히시는
겁니까? 그러면 도대체 학교에서는 약자를 위하라고
왜 가르치는 겁니까? 배운 대로 실천한 제 잘못이란 말
입니까?

김춘호   과장님, 저 애가 제 아들입니다. 2년 전에 전 풍력발전
기 유치한다고 가정은 등한시 한 채 밖으로만 나돌아 다
녔습니다. 하지만 다들 관심이 없거나 더 많은 보상금
을 받으려고 동의서에 사인해주지 않았습니다. 그때 많
이 실망하고 좌절했습니다. 방황했고 그때 저 여자를 만
나 외도까지 하게 됐습니다. 어느 날 그 모습을 아들이
보게 됐고 아들은 충격을 받아 학교도 안 가고 쭉 옥탑
방에만 틀어박혀 지냈습니다. 다 저 때문입니다. 그런 제
아들이 이제 용기 내어 세상 밖으로 나오려하고 있습니

다. 그런데 우리 어른들은 어떻게 하고 있습니까? 애가 절실하게 손을 내미는데 아무도 잡아주지 않고 있습니다. 장 씨가 그렇게 무섭습니까? 만날 때마다 장 씨 나쁜 놈이라고 욕하지 않았습니까? 그러면서 장 씨 앞이라고 아무 말도 못합니까? 전 정식으로 장 씨를 고발해야겠습니다. 이제부터라도 아들의 든든한 바람막이가 돼야겠으니까요.

혜자 바…… 람…… 막…… 이…….

성제 그래, 혜자야. 이 바람막이…….

성제, 바람막이를 벗어 혜자에게 입혀준다.

성제 내가 이렇게 입혀줬잖아?

혜자 마…… 맞아요. 입혀줬어요.

안전과장 그리고는? 뭐, 다른 건 없었어?

혜자 따뜻해요.

혜자, 성제의 손을 잡는다.

혜자 착해요.

그리고는 성제 등 뒤로 숨어서 장씨를 가리킨다.

혜자   나빠요. 무…… 물을 뿌렸어요. 때…… 때렸어요. 아팠
어요.

장씨   거짓말하면 못 써. 난 네 생명의 은인이야.

마을주민1   장 씨, 그만해. 학대했잖아.

마을주민2   사람이 왜 그렇게 모질어? 혜자, 저 불쌍한 것.

안전과장   양쪽에서 고발한다고 하니 조만간 두 분 지구대로 좀 나
와 주셔야 할 것 같습니다.

성제   혜자야, 정말 고마워.

혜자   따…… 따뜻해.

성제   그래, 이제 이 옷 네 거야. 네 옷이야.

8

송나심과 김춘호, 성제와 함께 있다.

김춘호 장 씨는 입건됐고 혜자는 보호시설에 보내진다고 하더라.

송나심 사람들이 성제 칭찬을 많이 한다면서요?

김춘호 요즘 젊은이답지 않게 정의롭다면서…… 과장님도 그러시고.

성제 아버지는 그냥 이렇게 눌러 앉는 거예요?

갑자기 김춘호가 성제 앞에 무릎을 꿇는다. 성제, 당황한다.

성제 지금 뭐하시는 거예요?

김춘호 너만 용서해준다면 뭔들 못하겠냐? 지금 당장 그래 달라는 게 아니야. 정말로 많은 시간이 지나면, 그 언젠가는 이 애비를 용서할 날이 있을 게다.

성제 일어나세요. 저한텐 엄마만 있으면 돼요.

송나심이 김춘호를 일켜 세운다.

김춘호 그런데 성제야, 네 엄마가……

송나심 당신은 좀 들어가 있어요.

김춘호	지은 죄가 있어 가만히 있었지만 이제 성제도 알아야 해.
송나심	제발 그냥 좀……
성제	왜 그래 엄마. 무슨 일이야?
김춘호	성제야, 그게……
송나심	그만하라니까.
김춘호	다 끝난 담에 얘기 할 거야? 누구보다도 성제가 알아야지. 성제도 준비를 해야할 것 아냐?

송나심이 흐느낀다.

송나심	아픈 애한테 아프다고 어떻게 얘기를 해요? 내가 돌보지 않으면 아무 것도 할 수 없는 애한테 뭘 얘기한단 말예요.
김춘호	성제야, 이제 너도 알아야겠다. 네 엄마 대장암이다. 그것도 말기.
성제	어…… 엄마, 아니지? 거짓말이지?
김춘호	복막 전이까지 돼서 더 이상 손을 쓸 수 없다고 그런다.
성제	엄마…… 아니지? 아니라고 해봐, 아니라고……
김춘호	죽이고 싶도록 내가 미웠지만 네 엄마, 그래서 내게 연락했던 거야. 널 지켜주라고, 널 보살펴주라고.
성제	아버지 때문이야. 아버지 때문에 그런 거라고.
송나심	나 떠나면 우리 성제…….
성제	그런 말 하지 마. 엄마는 천사잖아. 천사는 병 따위 안

걸려.

송나심 이제 아버지를 용서하고 받아들이려무나. 나 가면 누구 한테 의지할 수 있겠니?

성제 아냐, 절대 용서 못해. 엄마를 이렇게 만든 건 아버지야.

송나심 나도 네 아버지 원망 많이 했었다. 하지만 내가 손 내밀 수 있는 사람…… 네 아버지밖에 없더구나.

성제 엄마한테 오는 건 막지 않을게. 하지만 내겐 더 이상 아버지는 없어.

송나심 곤경에 처했을 때 손을 내미는 건 부끄러운 게 아니란 다. 앞으로 네 손…… 아버지가 잡아줄 거야.

성제 싫어. 엄마가 잡아. 엄마가 잡으란 말이야.

송나심 네 아버지랑 잠깐 살았던 그 여자…… 내가 알던 여자였 다. 그 여자 내게 원한이 있었고 아버진…… 그 한풀이 대상이었을 뿐이야. 모든 게 다 내 탓이다. 네 아버진 죄 가 없어. 그러니 용서해라. 내 마지막 부탁이다. 톡천사 도 그러길 바랄 거야.

성제 엄마…… 천사님…….

성제, 울면서 엄마 품에 안긴다.

9

혜자가 바람막이를 망토처럼 두르고 놀고 있다. 곧 이어 이미옥이
큰 캐리어를 끌고 들어온다. 혜자가 이미옥 앞에 선다.

혜자 어…… 어디 가요?

이미옥 비켜.

혜자가 뒤로 물러난다.

이미옥 (조금 가다가) 넌 오빠가 있니?

혜자 오…… 오빠?

이미옥 그래, 못된 놈들을 혼내주는 맘씨 좋은 오빠.

혜자 없어요.

이미옥 그럼, 찾아야 돼.

혜자 왜요?

이미옥 나처럼 살면 안 되니까.

혜자 없으면요?

이미옥 없진 않아.

혜자 거기 가요?

이미옥 그래. 근데 자신이 없어. 낯선 곳에 가야 하거든.

이미옥 그대로 들어가고 혜자 조금 더 놀고 있으면 바람 부는 언덕
에 김춘호와 성제 등장한다. 성제는 흰 장갑을 끼고 유골함을 들었
다. 그런 두 사람을 혜자가 올려다본다. 성제가 뼛가루를 뿌리며 오
열한다.

성제　　　엄마…… 엄마…… 천사님…….

성제의 흐느낌과 함께 점점 더 거세지는 바람. 김춘호가 정장 윗도
리를 벗어 성제의 어깨에 걸쳐준다. 그리고는 성제의 어깨에 가볍
게 손을 얹는다. 성제, 한 손을 넘겨 그 손을 마주잡는다. 곧 이어
김춘호가 유골함을 들고 들어가면 성제는 윗도리를 걸친 채 혜자
에게로 온다.

혜자　　　(혜자가 윗도리를 가리킨다)
성제　　　내 새 바람막이야.
혜자　　　따뜻해?
성제　　　그럼, 엄마 말이 옳았어.
혜자　　　(언덕을 가리키며) 보고 싶어.
성제　　　그럴래?

두 사람, 언덕 밑에 선다. 바람은 여전히 거세다. 혜자가 오르기 무
섭다는 듯 뒷걸음질친다.

성제　　언덕 위엔 새로운 세상이 있어.

혜자　　바…… 바람 무서워.

성제　　내 손을 잡아. 이렇게 하면 바람을 이길 수 있어.

성제, 혜자 손을 잡고서 드디어 언덕 위로 올라선다. 두 사람, 손을 맞잡은 채 드센 바람 앞에 참았던 숨을 내뿜는다. 바람소리 더욱 거칠지만 당당한 두 사람을 이겨내지 못한다.

막.

한국 희곡 명작선 61

바람을 이기는 단 하나의 방법

초판 1쇄 인쇄일   2021년 1월 10일
초판 1쇄 발행일   2021년 1월 20일

지 은 이   주수철
만 든 이   이정옥
만 든 곳   평민사
　　　　　서울시 은평구 수색로 340 〈202호〉
　　　　　전화 : 02) 375-8571
　　　　　팩스 : 02) 375-8573
　　　　　http://blog.naver.com/pyung1976
　　　　　이메일 pyung1976@naver.com
등록번호   25100-2015-000102호
ISBN　　　978-89-7115-759-6 03800
　　　　　978-89-7115-663-6 (set)
정　　가   6,000원